El mensaje
de maese Zamaor

Finalista del premio El Barco de Vapor 1978

Pilar Molina Llorente

ediciones SM Joaquín Turina 39   28044 Madrid

Colección dirigida por **Marinella Terzi**

Primera edición: abril 1981
Decimoctava edición: octubre 1997

Ilustraciones: *Francisco Solé*
Cubierta: *Montserrat Tobella*

© Pilar Molina Llorente, 1981
© Ediciones SM
   Joaquín Turina, 39 - 28044 Madrid

Comercializa: CESMA, SA - Aguacate, 43 - 28044 Madrid

ISBN: 84-348-0886-2
Depósito legal: M-37279-1997
Fotocomposición: Secomp
Impreso en España/Printed in Spain
Imprenta SM - Joaquín Turina, 39 - 28044 Madrid

No está permitida la reproducción total o parcial de este libro,
ni su tratamiento informático, ni la transmisión de ninguna
forma o por cualquier medio, ya sea electrónico, mecánico, por
fotocopia, por registro u otros métodos, sin el permiso previo y
por escrito de los titulares del copyright.

*A Silvia Schiantarelli,
con admiración y cariño*

1. *Cártulo II, rey de Fartuel*

CUANDO el sol ya había teñido de amarillo las torres del castillo de Fartuel, su soberano, Cártulo II, seguía paseando arriba y abajo en el salón del trono.

—¡Es un problema! ¡Un gran problema!

El primer ministro caminaba con su señor, intentando seguir el ritmo de sus pasos.

—Majestad, mandad un emisario especial.

—¡No! Demasiado fácil.

Cuatro paseos más por el salón.

—Tal vez un pariente de vuestra majestad...

—¡No!

El rey se sentó en su sillón de madera

roída y miró durante un buen rato sus calzas. Luego, con voz grave, dijo:

—Es un mensaje muy importante. Tengo que estar seguro de que mi primo, el príncipe de Zarduña, lo recibirá.

El primer ministro, más tranquilo al ver sentado a su señor, aseguró el tono de su voz.

—Cualquier mensajero de este reino se dejaría matar por vos, señor.

—Sí, sí, de acuerdo, Fáriner, pero después de muerto el mensajero mis enemigos tendrían el mensaje y yo no estaría enterado a tiempo de evitar las consecuencias; eso sin contar con la pérdida de un súbdito leal, que no es poco en estos tiempos.

Fáriner se rascó la barba de chivo viejo:

—Podéis hacer aprender de memoria el mensaje a cualquier de vuestros leales servidores, y éste, luego, lo repetiría a vuestro noble primo.

—No. El dinero es una llave perfecta para abrir bocas y cerrar conciencias.

Fáriner guardó silencio. Hubiera dado gustoso hasta su medallón de oro y rubíes por encontrar una solución que le pusiera a gran altura en la consideración del monarca. Le convenía asegurar su cargo político a toda costa.

El sol había llegado a posarse sobre el alféizar de la ventana, y ninguna solución acudía a su mente. El rey se revolvía, impaciente, en su sillón.

—¡Hay que pensar algo! ¡No podemos estar así todo el día!

De nuevo hubo un gran silencio. El rey se levantó y dejó caer su menudo cuerpo en el alféizar de la ventana.

—Analicemos la situación. ¿Qué necesitamos?

—Un mensajero —contestó el ministro con voz aburrida.

—Perfecto. Un mensajero que no sea mensajero.

Fáriner se acercó a su rey guardando la distancia obligatoria.

—¿Cómo decís, señor?

—Sí, un mensajero que cruce el país sin levantar sospechas entre los espías enemigos; un mensajero que no lo parezca.

—Ya; por ejemplo...

El rey chupó un momento el dedo de la manita que remataba su vara de mando.

—Por ejemplo... por ejemplo mi zapatero o mi peluquero...

El primer ministro se sintió genial:

—O vuestro escudero, o el camarero, o quizá alguna dama de vuestra esposa, de vuestra hija, de...

—Imposible —interrumpió el rey con aire desanimado—. Son todos demasiado curiosos. No podrían hacer el encargo sin saber qué era lo que ponía en el mensaje, y no puedo fiarme de la discreción de nadie.

Se tiró de los pocos pelos que aún conservaba y gimió:

—Si no fuesen así, si al menos no supiesen leer... ¡Eso! ¡Ya está! ¡Que no sepa leer!

—¿Qué decís?

—Está muy claro, Fáriner. Un hombre que no parezca mensajero y que no sepa leer.

Fáriner se frotó las manos con gesto irónico.

—Pero, mi rey y señor, siempre habéis sabido rodearos de las personas más cultas e ilustres del reino. Dudo mucho que encontréis alguien entre vuestros servidores y amigos que no sepa leer.

—Como de costumbre patináis, Fáriner.

—¿Cómo?

—Os olvidáis de maese Zamaor.

El ministro abrió los ojos lo más que pudo, aunque los tenía tan pequeños que nadie se hubiera dado cuenta.

—Fáriner, ¿qué hacéis ahí parado? ¡Que avisen a maese Zamaor ahora mismo!

—Sí, sí, señor. Al momento, señor...

2. *Maese Zamaor*

MAESE ZAMAOR se limpió las manos en un trapo gris y siguió a Fáriner por las escaleras oscuras que conducían al piso superior.

El sol, que había subido a lo más alto, descargaba todo su amarillo a través de los alargados ventanales de un pasillo lleno de goteras. Atravesaron un salón tapizado de armas y trofeos y, por fin, cruzaron la puerta de la sala del trono.

Maese Zamaor distinguió enseguida la figura violeta del rey. Vestía, como casi siempre, calzón y casaca violeta, a juego con sus ojeras, y enormes calzas amarillas a tono con el color de su piel. Después de un momento se inclinó apresuradamente;

mirando las calzas de su soberano, había olvidado el más elemental protocolo.

—Majestad...

—Levantaos, maese Zamaor. Tengo un encargo para vos.

—Ordenad, señor.

—Vos no sabéis leer —empezó el rey.

Maese Zamaor comprobó en su propia cara que el rojo es un color caliente.

—Señor, yo...

—No os disculpéis. Ya sé que sois hijo y nieto de pintores y no os han enseñado otra cosa que la pintura; como por otro lado sois un gran maestro en vuestro arte, nadie puede reprocharos vuestra falta de letras. Además, esta circunstancia ayuda a mis planes en esta ocasión.

El pintor se sintió más tranquilo y luego, de repente, muy inquieto. No adivinaba para qué le llamaba el rey, no siendo para pintar.

—¿Conocéis el camino a Zarduña?

—¿Eh? ¡Ah! Sí, sí, señor.

—¿Y a mi primo el príncipe?

—Sí, señor.

Tal vez era el deseo del rey que hiciese un retrato al príncipe de Zarduña. Había

14

oído hablar de la amabilidad del joven príncipe vecino y, aunque le había visto muy poco, maese Zamaor se había dado cuenta de que su cara era agradable y armoniosa. Empezó a imaginar cómo sería el retrato; un fondo azul arrojaría más luz sobre el rostro; sí, eso sería lo más conveniente. También realzaría el color del cabello y los ojos del príncipe.

—¿Me escucháis, maese Zamaor?

—Perdonad, señor. Estaba distraído.

—Como siempre —dijo Fáriner, volviendo la cara con un gesto de asco.

—Bien, bien —continuó el rey—, prestad atención, por favor. Vos llevaréis un mensaje a mi primo el príncipe.

Maese Zamaor estaba decepcionado y triste, como si acabase de despertar de uno de aquellos sueños que algunas madrugadas le transportaban a Roma y Venecia, donde la pintura era lo más importante.

—Señor, no sé si sabré hacerlo. Yo no he sido nunca mensajero. Sólo soy un pobre pintor.

El rey se acercó a él.

—Vos sois un gran pintor y, además,

haréis perfectamente este favor que os pide vuestro rey.

—Yo sólo deseo serviros y temo fracasar en algo que desconozco.

Cártulo II apoyó su mano amarillenta en el hombro del pintor.

—Nunca habéis fracasado, maese Zamaor. Jamás os he visto ni siquiera dudar. Estoy seguro de que llevaréis la misión a buen fin.

—Majestad, estoy terminando el retrato de vuestra hija, la graciosa princesa Buonabel.

—Buonabel esperará a que regreséis para acabar ese retrato.

—Pero, señor, la princesa está en edad de crecer. Si tardo algún tiempo, habrá crecido mucho y el dibujo no valdrá.

—Bien, entonces empezaréis otro aún más bello a vuestra vuelta.

Maese Zamaor se sentía atrapado. Ya no podía oponer ningún argumento. Además, el rey estaba decidido y no quedaba más que ceñirse a su deseo.

Fijó la mirada en el ocre verdoso de las losetas del salón y respondió con voz apagada:

17

—Será como vos ordenéis, señor.

—Partiréis mañana al amanecer. Antes de iros, yo mismo os daré el mensaje y las instrucciones. Ahora preparad todo para vuestra partida.

El pintor de cámara de Cártulo II dio media vuelta y, sin acordarse de reverencias ni saludos, sintiéndose el hombre más desgraciado de la tierra, salió del salón del trono teñido de amarillo por el sol.

3. *El mensaje*

LA CLARIDAD azul anunció a maese Zamaor que ya era de día. No había dormido nada; ni siquiera se había recostado en la cama, que intentaba pasar inadvertida en un rincón del taller. Ya estaba acostumbrado a pasar las noches en un soplo, investigando mezclas y barnices o librando la batalla de su fantasía con algún boceto. Pero aquella noche había sido distinta; habían sido las preocupaciones las que arrinconaron su cansancio y su sueño.

—Los barnices se secarán y se echarán a perder los aglutinantes.

Repasó el taller, revuelto por el intenso trabajo.

—Por mucha prisa que me dé, no tendré tiempo para cubrir todas las telas ni para proteger del polvo los pigmentos preparados. Todo se estropeará, y el retrato de Buonabel...

Miró la pintura a medio hacer. La princesa, fina y delicada, aparecía sentada con un libro entre las manos. Un libro...

—Todo esto me está pasando por no saber leer. Pero, ¿qué tendrá que ver que yo sea analfabeto con el mensaje del rey? No entiendo nada.

El taller de maese Zamaor se había vuelto azul del todo, y el pintor pensó que era hora de salir. Se embutió en su capa negra y preparó su cartera de piel de serpiente. Se llevaría unas hojas en las que hacer algún apunte; estaba seguro de que encontraría paisajes maravillosos en el camino.

—Llevaré también algunos tarros con pintura preparada. Tal vez tenga un rato libre y pueda pintar.

La cartera no era muy grande. Llevaba algunas medicinas que podía necesitar, su gruesa bufanda, los pliegos, los pinceles y tenía que dejar sitio para el mensaje del rey. No cabrían muchos tarros.

—Llevaré los colores más importantes.

Metió el rojo, el azul, el verde y el amarillo. Cerró la cartera y, después de echar una última mirada llena de rabia y pena al taller, dio dos vueltas de llave a la puerta y subió las escaleras oscuras. Atravesó el pasillo de las goteras y las salas de armas y llamó con cuidado al salón del trono.

Fáriner abrió la puerta; tenía el aire de estar fresco y feliz a pesar de lo temprano que era. La voz del rey sonó cansada, desde el fondo de su sillón:

—Buenos días, maese Zamaor. Pasad.

El pintor se acordó de la reverencia cuando ya casi estaba junto al rey.

—Dios os guarde, señor.

—¿Estáis dispuesto?

—Completamente, señor.

El rey bajó del sillón y, como siempre, quedó desproporcionado sobre sus calzas.

—Escuchad. Es muy importante que el mensaje que voy a daros llegue a manos de mi primo sin que nadie lo haya leído. Hay una pandilla de traidores entre mis propios súbditos que se han confabulado para derrocarme; para ellos, este mensaje es importante, e intentarán apoderarse de él por todos los medios.

Se acercó al pintor y, después de mirarle largamente, explicó:

—Por eso, maese Zamaor, os hemos elegido a vos para esta misión. Nadie sospechará que en el zurrón de un pintor, que va de camino, hay un mensaje real. Y menos si el pintor no sabe leer.

Maese Zamaor se sintió molesto. Fáriner intervino, pesado como un moscardón:

—Majestad. En el caso de que el mensaje caiga en manos de esos malditos, ¿qué haréis?

El rey meditó un momento sin apartar la mirada de sus calzas. Después preguntó a maese Zamaor:

—¿Lleváis pinturas?

—Sí, majestad.

—Estupendo. Entonces, escuchad. Si sois atacado y os quitan el mensaje, vos enviaréis un recado escrito al capitán de mis tropas del campamento más cercano al lugar en donde os encontréis.

Maese Zamaor dudaba.

—Señor...

—Claro que... cualquiera puede escribir un aviso como si viniera de vos y entregarlo a un capitán de mis tropas... ¡No! Ha de haber una contraseña que quede en secreto entre los capitanes y nosotros. Veamos...

—Señor...

—¡Callad! No me dejáis pensar.

Maese Zamaor obedeció y guardó silencio, pero estaba preocupado. ¿Cómo podría él enviar un mensaje si no sabía escribir? Miró al rey, que se acariciaba la barbilla concentrado en sus calzas, y luego al ministro que, desde que el pintor había entrado en el salón, no había dejado de mirarle con aire de superioridad y desprecio. Si ahora decía que no podía mandar un mensaje por no saber escribir, Fáriner se reiría de él; si no abiertamente, sí por lo bajo y procurando que se diese cuenta. Para el rey sería un nuevo problema. Decididamente, era mejor callar; y si llegaba la ocasión de mandar el aviso a los capitanes, ya lo solucionaría.

—¡Ya está! —gritó el rey—. ¿Lleváis pintura verde?

—Sí, señor.

—Escuchad: en caso de apuro mandaréis un recado escrito con pintura verde, color de nuestro escudo, al capitán más cercano. Yo les haré llegar a todos la clave. Nada más. En la puerta encontraréis un caballo preparado. Podéis partir.

—Con vuestro permiso, señor.

—Id con Dios.

Maese Zamaor tomó el rollo de pergamino con el sello real que Cártulo II le tendía, lo metió en la cartera, se embozó en su capa y salió del salón del trono sin mirar a Fáriner.

4. *En marcha*

EL CABALLO que le habían proporcionado era viejo y flaco; con él no podría correr demasiado, pero el rey tenía razón: si llevaba un magnífico y veloz animal despertaría sospechas. Tenía que ir como lo que era, un pobre pintor que intentaba abrirse camino en la nube de la fama realizando retratos de la familia real de un país de tercera categoría, como Fartuel.

Suspiró y una bocanada azul llenó sus pulmones. Colocó la cartera de piel de serpiente cruzando su pecho y oculta debajo de la capa. Ajustó la silla y descubrió un pequeño paquete de provisiones atado a un lado. Comprobó que aún colgaba de su cuello el saquito de dinero que el rey había ordenado que le dieran, subió al caballo y se puso en camino.

Bajó la empinada ladera de ocres, amarillos y sepias, y atravesó el valle admirando la inacabable gama de verdes. Cruzó el río, tan estrecho que unía el reflejo esmeralda de sus dos orillas. Atravesó un pueblecito rojo y blanco y se internó en el bosque.

El frío húmedo hacía sonar los dientes de maese Zamaor, que se envolvía en su capa buscando refugio.

Después de varias horas frías y silenciosas, con el único entretenimiento de la variedad de colores y tonos, maese Zamaor vio un claro entre los árboles y descabalgó. Cerca había un arroyo, y el pintor y su caballo saciaron la sed; luego, maese Zamaor desató el zurrón que el cocinero de palacio había puesto en la silla del caballo. No había demasiada comida. El rey, con su cuidado para no levantar sospechas, se había excedido un poco. Un pintor errante no podía llevar un zurrón repleto, pero aquello era ponerle a dieta.

Comió un poco, sacó su bufanda de la cartera de piel de serpiente, con mucho cuidado de no estropear el pliego real, y se envolvió en su calor lo más que pudo. Guardó todo y, montando de nuevo, volvió al camino.

El bosque acababa en una ladera empinada cubierta de árboles, y maese Zamaor aprovechó para estudiar los distintos grises de las piedras y los verdes y marrones de los troncos de los pinos, que tomaban diferentes tonos al recibir la luz y los reflejos. De buena gana se hubiera quedado allí un rato para tomar apuntes de lo que veía; pero tenía prisa.

Sus pensamientos volaban de un lugar a otro. Recordaba su trabajo abandonado, contaba una y otra vez las jornadas que le faltaban para atravesar las murallas de Zarduña: tres, si todo iba bien, y otras tres para volver; sin pensar que, por lo menos, perdería un día en hablar con el príncipe y entregar el mensaje. Otro problema era la escasez de dinero y de comida. Tenía que administrarse bien y ésa no era una de sus virtudes.

El sol miraba a los árboles del otro lado cuando el pintor salió del bosque y se encontró en un camino de piedra. Debía de ser uno de los caminos que Cártulo II había mandado abrir últimamente, porque maese Zamaor no lo conocía de sus anteriores viajes. Recordó la última vez que había recorrido aquella ruta al ser llamado por el rey para pintar el retrato de la reina. Parecía que sólo habían pasado unos días, pero ya hacía años de aquello. Volvía a su mente la sensación de tristeza que le produjo la vida de palacio, a pesar de las comodidades, la educación y las buenas costumbres que allí se respiraban. Todo era tan aburrido en comparación con la vida de su aldea casi al aire libre... Después, poco a poco, se había ido encontrando feliz en palacio.

Los cascos del caballo levantaban chispas en las piedras nuevas. Maese Zamaor sonreía al recordar sus temores ante el primer retrato que realizó a la reina. Era una mujer gruesa, muy gruesa, y el pintor había dudado que el retrato agradase a los monarcas; pero se equivocaba. La reina estaba orgullosa de su figura. Según ella, demostraba muy claramente lo bien que se había comido siempre en su familia. Y se encontró muy favorecida en la pintura.

El rey elogió la fidelidad de maese Zamaor para con su arte, y le nombró pintor de cámara por ser el único artista que no había intentado halagar la vanidad de la reina pintándola más delgada para conseguir sus preferencias. Desde aquel día había trabajado mucho.

Pasaban ante sus ojos las obras salidas de sus pinceles: *El rey de vuelta de la batalla, Carnaval en palacio, La fiesta de las damas, La reina madre con la princesa niña en los brazos, Montería real, La Sagrada Familia,* para la capilla de palacio...

Uno tras otro, los cuadros y sus dificultades y aciertos distrajeron la atención del pintor que, cuando volvió de sus recuerdos, se dio cuenta de que estaba anocheciendo y tenía que buscar un lugar en donde pasar la noche. Recordaba una fonda a unos cientos de metros; tal vez ya no existía, pero debía probar a buscarla.

Cuando el sol había dejado de dibujar en rojo el contorno de los pinos y retiró su lengua naranja del camino, maese Zamaor descubrió la sombra achatada de la posada.

5. *Pintor de brocha gorda*

DESPUES de varios golpes con el llamador de bronce, la puerta de la posada se abrió, y la figura barriguda del posadero interrumpió un rayo de luz que intentaba salir.

—¿Qué deseáis?

—Que me deis posada para esta noche.

El posadero torció la boca.

—No os veo bien. Descabalgad y pasad a la luz.

Maese Zamaor ató fuera el caballo, se estiró la capa y la bufanda y pasó dentro.

—Aquí me tenéis. ¿Me veis bien ahora?

—No os molestéis, señor. Uno no sabe a

31

quién aloja en su casa, y hay muchos pillos por los caminos.

El pintor miró a su alrededor. La habitación en la que estaba era grande y limpia. Varias mesas estaban distribuidas por los rincones y pegadas a las paredes para dejar espacio libre en el centro, por donde se movían los mozos que servían la comida y el vino. Algunas de aquellas mesas estaban ocupadas por caballeros bien vestidos que hablaban bajo.

—Bueno, señor, ya os he visto, pero no sé quién sois.

—Perdonad, estaba distraído. Soy pintor y mi nombre es Vanio.

Maese Zamaor no estaba seguro, pero pensaba que era mejor dar un nombre falso. Alguien podía conocer su relación con la familia real.

—¿Sois pintor afamado?

—Bueno, no sabría deciros...

—Decid, ¿adónde os dirigís?

—A Zarduña. Allí embarcaré para Venecia. Voy a estudiar.

—¡Ajá!

A maese Zamaor no le gustó la exclamación del posadero. En especial, el tono autoritario de su voz.

—Bueno, señor posadero, ¿cuánto es vuestra posada por una noche?

—Cinco fartos.

—¿Cinco fartos decís?

—Cinco fartos, señor pintor.

Maese Zamaor se había quedado pálido. Solamente llevaba ocho fartos. Si gastaba cinco en dormir la primera noche, estaría sin dinero en dos días.

—¿No hay otra posada más económica por este lugar?

—Ciertamente, por un farto y medio podréis cenar y dormir en la fonda de la posta.

—Decidme dónde está.

El posadero señaló vagamente.

—Está muy cerca de aquí, pero no creo que os convenga.

—¿Por qué?

—Pues..., últimamente... no paran allí ni los caballos de posta.

—¿Cómo es eso?

—Veréis... —el posadero se recreaba en el efecto final de sus palabras—. Hubo dos

33

casos de viruela, y toda la casa y sus alrededores están en cuarentena.

Maese Zamaor se sintió rendido. Se dejó caer sobre una silla mientras las carcajadas del posadero atronaban sus oídos:

—¡Eh! ¡Eh! ¿Vais a pagar o no podéis?

—No puedo pagaros esa cantidad.

—Entonces no os sentéis en mi silla.

El acento del pintor era lastimero.

—¿No tenéis un lugar en el establo, en el corral o en cualquier otro sitio de la casa en el que pueda pasar la noche por menos dinero?

—Estoy pensando...

Maese Zamaor le dejó pensar un rato, mientras revisaba la apetitosa cena de los caballeros de la mesa más cercana a sus ojos.

—Habéis dicho que sois pintor.

—Sí, señor.

—Bien, bien. Os daré una gran cena y una de las mejores camas de mi fonda, sin pagar ni medio farto.

—¡Sois un ángel, señor! Dios os premiará vuestra caridad para con un pobre hombre como yo. ¿Sois acaso amante del arte? Os aseguro que no he visto jamás...

34

¡Un momento! ¿Qué queréis a cambio de vuestra generosidad?

El posadero hizo un ruido parecido a una carcajada. Se limpió la boca con el revés de la mano y dijo muy despacio:

—Voy a proponeros un trato beneficioso para los dos.

Maese Zamaor escuchaba impaciente. El hombre siguió:

—De momento, señor pintor, os sentáis en una de las mesas, la que más os agrade, y yo os mando servir una de las mejores cenas que hayáis tomado en vuestra vida. Cuando todos mis huéspedes se retiren a dormir, vos tomáis aquel barril de cal y la brocha que hay sobre la tapadera y encaláis todo el salón hasta que quede perfectamente blanqueado. Cuando terminéis, subís a una habitación que yo os dejaré preparada y dormís como un bendito toda la noche sin pagar nada. ¿Qué os parece?

Maese Zamaor se sentía ofendido en su amor propio profesional.

—Señor posadero. Yo soy pintor, pero no de paredes. Soy un artista, no un albañil.

—Bien, bien, no os enojéis. Nadie os obliga a aceptar. Tomad vuestro jaco y

35

salid de mi propiedad, o pagad los cinco fartos.

El pintor lo pensó despacio. Tenía mucha hambre y lo más inmediato de la proposición del posadero era una suculenta cena. Por otra parte, el encalar una pared no debía de ser una tarea muy difícil y después del trabajo tendría una cama blanca y limpia. Se decidió:

—Acepto vuestro trato.

—¡Perfecto, señor artista! Sentaos a la mesa que gustéis y enseguida seréis servido. Uno de los mozos se ocupará de vuestro caballo.

El posadero se alejó dando órdenes, y maese Zamaor se quitó la capa y se acomodó en una mesa cerca de la estufa. La cartera de piel seguía cruzada sobre su pecho.

Comió despacio, saboreando los guisos y estudiando a las gentes que llenaban el salón. Poco a poco el murmullo se convirtió en un zumbido a sus oídos. La comida abundante y el cansancio del viaje, la noche anterior sin dormir y las emociones le habían agotado tanto que se sentía como si flotase sobre las cabezas y el humo

que llenaba la posada. Pasó un rato, cuya duración maese Zamaor no habría podido precisar, cuando alguien le sacudió:

—¡Eh, señor pintor, despertad! Tenéis que cumplir vuestra parte del trato.

Maese Zamaor se encontraba incapaz de levantarse de la silla, pero la mirada del posadero no dejaba lugar a dudas con respecto a sus propósitos. Tenía que blanquear el comedor de la posada. Miró alrededor: los hombres que un momento antes llenaban las mesas habían desaparecido, y sólo al fondo unos mozos recogían y guardaban jarros y cubiertos.

—¡Eh, muchachos! —gritó el posadero—, recoged las mesas y las sillas en un rincón. El señor pintor va a encalar el salón.

Mientras los chicos obedecían la orden del posadero, éste se volvió a maese Zamaor:

—Cuando terminéis, podéis subir a dormir a la última habitación del pasillo, en el piso de arriba. Os dejaré la puerta abierta para que no os confundáis.

Después de dar una última ojeada a todo y correr un pesado cerrojo al portón, el posadero subió a acostarse seguido de los mozos.

Maese Zamaor miró los muros que tenía que encalar. Los techos eran muy altos y, al quitar las mesas y las sillas, el salón mostraba sus enormes proporciones. El pintor pensó que era peor lamentarse y decidió empezar con la faena.

Buscó en la cocina un delantal con el que proteger su ropa y se lo puso sin quitarse la cartera del pecho. Empujó el barril de cal hasta una de las paredes y empezó el trabajo. Le dolía todo el cuerpo.

Pasaron dos horas y maese Zamaor sólo había encalado un muro y medio. La brocha, de mango largo para llegar al techo desde el suelo, era muy difícil de manejar; y más con la cartera, que dificultaba sus movimientos. Tenía los dedos llenos de arañazos y los nudillos le sangraban, pero tenía que seguir; deseaba terminar como si esperase la salvación después del trabajo. Estaba tan cansado que sentía la voz de la cama que le llamaba desde el piso alto.

Después de cinco horas más, maese Zamaor dio por terminado su odioso trabajo y se lavó en la pileta de la cocina; colgó el delantal cerca del barril y, después de comprobar que la cartera seguía intacta junto a su corazón, subió con ansia las escaleras que le conducirían a la cama. Cruzó una salita y se encontró en un pasillo sobre un patio de arcos. Al final del pasillo vio una habitación abierta: su habitación. Todo lo veía muy bien, perfectamente bien, porque la primera luz del día iluminaba el patio. Ya había amanecido. Maese Zamaor sintió una rabia sorda y una sensación de engaño tan fuerte, que tuvo que contenerse para no gritar.

Desesperado, corrió a la habitación del final del pasillo; cerró de un golpe y, vestido y todo, se tiró sobre la cama y se quedó dormido al momento.

6. *Un pícaro posadero*

CUANDO Maese Zamaor despertó, todo volvió a su mente. Se daba cuenta de que se había quedado dormido sin tomar precauciones con respecto al mensaje real. Asustado intentó tirarse de la cama, pero su propósito falló. Las piernas no respondían a su voluntad; le dolían las rodillas y, al querer estirarse, una punzada aguda le hizo desistir.

Dejó pasar un rato completamente quieto en la cama, intentando tomar conciencia de sus propios músculos. Cerró los ojos; le picaban tanto que le parecía que estaban llenos de arena.

—He de hacerlo —se repetía—. El rey confía en mí. He de hacerlo. Tengo que levantarme.

Después de unos minutos consiguió sentarse y, luego, poco a poco, ponerse de pie en el suelo. No tuvo que vestirse porque, en su rabia de la noche anterior, ni siquiera se había descalzado. Buscó con miedo la cartera de piel de serpiente que había tirado a un lado de la cama y la revisó; suspiró aliviado: todo estaba en su sitio. Se lavó un poco y recogió todas sus cosas.

—Saldré enseguida —pensaba—. Aprovecharé la mañana para galopar al sol; así tardaré menos.

Abrió la puerta de la habitación y salió a la galería sobre el patio. Se quedó parado; el sol estaba muy alto y bañaba todo un lado del pasillo. Desde abajo llegaban voces y el ruido de chocar de jarros y arrastrar de sillas. ¿Qué hora sería?

Muy preocupado corrió a la puerta, la abrió y bajó las escaleras de dos en dos. Al llegar al recién blanqueado comedor, el posadero se acercó a él.

—Buenos días, señor pintor. O ¿he de decir buenas tardes?

—¿Tan tarde es?

—Ya ha pasado el mediodía, señor. ¿Habéis descansado?

—¡No, maldita sea! —gritó maese Zamaor.

Algunos caballeros, que terminaban sus platos sentados a las mesas, miraron al pintor, y los más cercanos, que habían oído parte de la conversación, rieron por lo bajo.

—Quiero felicitaros por vuestro trabajo —decía ahora el barrigudo hombrecillo—. El comedor ha quedado limpio y blanco como no había estado desde hace años. Tenéis buena mano.

—Tenía —murmuró maese Zamaor mirando sus manos llenas de ampollas.

—Bien, señor. ¿Queréis que os mande servir el desayuno o preferís el almuerzo?

Maese Zamaor se volvió como picado por una abeja.

—¿A vuestros precios? No, señor; antes me moriré de hambre por los caminos. Me voy ahora mismo. Buenas tardes.

—Un momento, señor pintor.

Miró al posadero con aire cansado. Estaba deseando salir de allí y, además, empezaba a hartarse del gesto burlón del barrigudo.

—¿Qué os pasa ahora?

—No habéis pagado vuestra cuenta.

—¿Qué cuenta? Hicimos un trato y los dos hemos cumplido. Creo que no os debo nada como no sean mis dolores de piernas y las ampollas de mis manos.

—Os equivocáis, señor. Recordad nuestro trato: yo os daba cena y cama por una noche si pintabais de cal las paredes del comedor. Vos habéis llevado a cabo vuestra parte del trato, y a fe que cumplidamente, y yo os di suculenta cena y blanda cama para la noche. Pero vos, señor Vanio, habéis dormido en esa cama y habéis ocupado ese cuarto toda una mañana. Eso no estaba en el trato. Me debéis farto y medio.

—¡Sois un pillo aprovechado, señor posadero!

El murmullo de comentarios crecía entre los clientes de la posada. Maese Zamaor estaba pálido por la ira.

—No me insultéis en mi propia casa, señor pintor, o no tendré miramientos para con vos.

—¿Pretendéis que me deje robar sin abrir siquiera la boca?

—Yo sólo quiero cobrar lo que me debéis —dijo el posadero sin alterarse.

Maese Zamaor miró a su alrededor. No sólo el posadero, sino también algunos de aquellos nobles caballeros, que le daban la razón, exigían el pago de aquel farto y medio por maldormir unas horas.

—Señores... —intentó explicar algo más sereno—. El encalar el comedor me ocupó toda la noche. Cuando me acosté ya había amanecido. De no haberme acostado por ser ya de mañana, no se habría cumplido la segunda parte del trato, que era darme cama para descansar.

—La segunda parte de mi trato, caballero, era daros habitación y cama para *pernoctar* y yo lo cumplí. No he de pagar yo que vos seáis tan lento en vuestro trabajo y tardaseis una noche entera en blanquear los muros.

—¿Lo hubierais hecho vos más rápido?

—Yo no soy pintor —contestó el posadero entre las risas de sus clientes.

—Señor posadero, vos sois ahora el que insulta. ¿Acaso no conocéis la diferencia entre un pintor y un albañil?

—No he de discutir con vos. Pagáis el

45

farto y medio o aviso al juez para que decida la cuestión.

Maese Zamaor se calló en seco. No le convenía meterse en líos. Si la autoridad tomaba parte en el asunto, tendría, como primera medida, que acreditar su personalidad y, luego, responder a una serie de preguntas que acabarían por confundirle y sacarle la verdad; todo ello sin contar con el retraso que supondría para su viaje y con que, si el asunto salía mal, tendría que pagar al posadero y, tal vez, una multa al juez. Lo mejor era pagar el farto y medio y dejarlo todo así.

—Vos ganáis, posadero.

Sacó su bolsita de dinero y tiró con rabia sobre la mesa una moneda de plata y otra de cobre; guardó de nuevo la bolsa, se enfundó en la capa y, sin despedirse, salió de la posada.

Cuando maese Zamaor decidió que era mejor no pensar en el abuso de que había sido objeto y no amargarse más por algo que no tenía remedio, cabalgaba de nuevo por el camino empedrado, y en el horizonte empezaban a adivinarse las primeras casas de la aldea de Gertán.

7. *Dos sombras en la noche*

LAS ULTIMAS luces del día lamían las fachadas de las casas de Gertán cuando maese Zamaor entró en la aldea. Había comido por el camino, sin descabalgar, de lo que quedaba en su zurrón, y sentía el estómago pesado y un dolor de cabeza que aumentaba lentamente.

La aldea estaba muy animada. Siempre estaba así. Era un lugar viejo, lleno de callejas y recodos en los que habitaban gentes de toda condición. Gertán estaba a menos de un día a caballo de la frontera, y esto lo hacía lugar de parada de viajeros, escondite de maleantes y sede de ladrones y pordioseros. Con todo, era una gran aldea o una pequeña ciudad muy importante.

Maese Zamaor tenía prisa. Le hubiera gustado llegar enseguida a Zarduña y encontrarse ya de vuelta, pero no podía cabalgar toda la noche. El caballo parecía agotado, y él estaba cansado, desanimado y lleno de dolores y agujetas. Lo que necesitaba era una posada barata.

Recorrió las calles céntricas del lugar, y en todas las posadas en las que preguntó le dieron la misma contestación:

—Cenar y dormir, cinco fartos, señor.

Desde que maese Zamaor vivía en palacio, la vida había subido mucho, y el rey parecía que tampoco se había enterado de lo caro que era todo en su país. Calculó su dinero. Tenía sólo seis fartos y medio. No podía pagar cinco por una noche. Preguntó, rogó, gritó lleno de rabia en algunas ocasiones, pero era ya medianoche y no había encontrado un lugar en donde pasar las horas que faltaban hasta el amanecer.

Aburrido de recorrer Gertán de arriba abajo, maese Zamaor descabalgó en una plaza y dejó a su caballo beber en la

fuente. Las casas estaban cerradas y ya nadie andaba por las calles.

La pequeña ciudad tenía fama de peligrosa pasada la medianoche. Al frente, el pintor descubrió un techado de madera y barro sostenido por unos pilares desgastados. Amontonados debajo había bultos oscuros que maese Zamaor no distinguía bien. Por la forma del techado se podía adivinar que se trataba de un mercado, un mercado vacío que esperaba en silencio el alboroto del nuevo día.

El pintor de cámara de Cártulo II de Fartuel tiró de la rienda de su caballo y se dirigió lentamente hacia el edificio del mercado, con intención de pasar allí la noche. Según se acercaba pudo darse cuenta, por el olor, de que se trataba del mercado del pescado; ahora podía distinguir los fardos: eran telas viejas y sucios serones amontonados junto a bancos malolientes y cubos de desperdicios. Una manada de gatos insolentes revolvía entre los bultos.

Maese Zamaor, más acostumbrado a la oscuridad, estudió el lugar. Por la parte de atrás, el mercado estaba adosado a un

50

muro alto que debía de ser la pared de otro edificio. Tenía mucho frío, la cabeza le dolía como si alguien le golpease con un martillo, el estómago le daba vueltas, le escocían las manos y todo su cuerpo parecía querer desplomarse de un momento a otro.

Aquel lugar olía horriblemente mal, pero se sentía incapaz de seguir andando. Pasó a través de los bultos y los gatos hasta el muro del fondo. Sin duda, la pared resguardaría del frío su cuerpo cansado. Ató el caballo a una de las pilastras, cerca de unos montones de pajas secas para que el animal pudiese comer, se palpó para comprobar que de su cuello colgaba el saquito de dinero y que la cartera cruzaba su pecho y, con el zurrón al hombro, recorrió el mercado pegado a la pared para encontrar el mejor lugar para dormir.

A duras penas consiguió la luna abrirse camino entre las nubes; maese Zamaor vio un sitio hacia el final del mercado, en donde el muro hacía un recodo y quebraba su línea. El pintor no lo pensó más: aquel saliente en ángulo recto sería un

51

refugio perfecto contra el frío. Apretó el paso y, guiándose por el instinto, pues la luna se había ocultado de nuevo, llegó junto al recodo. Palpó la pared para estudiar su forma y, cuando dejó de notar el aire helado en la cara, se sentó en el suelo. Después de descansar un rato, abrió el zurrón para comer lo poco que quedaba.

—¡Eh, quién anda ahí!

Maese Zamaor creyó que el corazón iba a salírsele por la boca al oír casi a su lado la voz abierta de un hombre. Tardó un rato en reaccionar:

—Hombre de paz —contestó, porque no se le ocurría otra cosa.

—¿Qué venís a buscar aquí?

—Sólo deseo descansar un poco, señor. ¿Sois acaso el guardián de este lugar?

La voz del hombre soltó una carcajada sorda y luego dijo:

—¿Yo el guardián? ¿Oyes, Recio? ¡Yo el guardián...!

Las carcajadas de otro hombre corearon las del primero. Maese Zamaor se sintió inquieto. ¿Cuántos serían? ¿Qué querían?

La luna dejó caer su luz de nuevo y el pintor pudo ver a dos hombres sentados junto al muro, muy cerca de él. Llevaban barbas y sombreros rotos y sucios que ocultaban sus ojos. Las casacas y los calzones hacían dudar que alguna vez hubiesen sido nuevos. Maese Zamaor se sintió superior a ellos y preguntó:

—Decidme ahora quiénes sois vosotros y qué hacéis aquí.

—¡Un momento, señor! —dijo el de la voz abierta—. Yo os he tratado de vos y ahora veo que nos tuteáis. ¿Puedo saber cuál es la razón?

—Vuestro aspecto no invita a ninguna ceremonia.

El hombre que había permanecido callado habló despacio:

—¿El vuestro sí?

Maese Zamaor se miró y pudo darse cuenta de que su ropa no ofrecía mejor aspecto que la de los hombres de las barbas sucias. Pensó que era mejor dejar el tema de la cortesía, tratar de ser amable y pasar inadvertido. Recordaba horribles historias ocurridas en Gertán y que corrían de boca en boca por la capital. Debía tener cuidado si quería conservar la vida y no descubrir su misión.

—Creo que estoy nervioso. No me encuentro muy bien. —Lo dijo como excusa, pero era verdad—. Siento haberos ofendido, señores. Mi nombre es Vanio; soy pintor y voy camino de Zarduña para embarcar hacia Italia.

—¿Os gusta el olor a pescado podrido?

—No.

El que antes habían llamado Recio habló con su voz grave y lenta:

—Tal vez huye de algo y se esconde entre los gatos.

—No, señores. No tengo dinero para hospedarme en una posada y necesito sentarme en algún lugar.

Pasó un rato en el que los dos hombres le miraron de pies a cabeza, como pesando su carne.

—¿Qué lleváis en ese zurrón?

—Un poco de comida que me queda de lo que mi familia preparó.

Los dos hombres se miraron. El de la voz abierta dijo con ironía:

—¿Y os vais a comer solo vuestra comida delante de dos vagabundos hambrientos y sin dinero?

Maese Zamaor creyó adivinar una ame-

54

naza detrás de la pregunta y tendió el zurrón al que estaba más cerca.

—Comed lo que queráis. Yo creo que tengo algo de calentura y he perdido el apetito.

Los hombres agarraron el paquete con ansia y empezaron a comer como lobos hambrientos. Con la boca llena, explicó Recio:

—Somos hombres sin trabajo y sin fortuna. En este cochino país hay muchos como nosotros.

A maese Zamaor le dolió lo de cochino.

—Sin embargo hay mucho trabajo en el campo y muy pocos labradores —contestó conteniendo su disgusto.

—El trabajo del campo es duro y está mal pagado. Aquí no hay comercio, que es lo que hace próspero un país en nuestros días. No tenéis más que ver el pescado: hay que traerlo de Zarduña y ... ¡a qué precios!

—Es natural. Fartuel no tiene puerto de mar.

Los dos vagabundos se liaron a hablar, mientras comían, de la economía del país, de los impuestos, de la vida dura y de los

55

vagabundos sin trabajo. Maese Zamaor se había dado cuenta, ya desde bastante antes, de que se encontraba ante dos vagos descontentos de todo. Era mejor dejarles hablar y no intervenir.

—Nosotros arrastrándonos muertos de hambre —gruñía el de la voz grave—, mientras el cerdo del rey desperdicia pollos y faisanes.

¡Cerdo del rey! Las tres palabras quedaron flotando alrededor de la cabeza del pintor. El rey no era un cerdo, no. Cártulo II era un hombre amable y lleno de humanidad que, por ser demasiado blando, permitía que tipos como aquellos estuvieran sueltos.

—¿Qué crees que ocurrirá? —seguía el hombre—. Un día, ese grupo de descontentos que quieren acabar con el rey lo conseguirán y todo será distinto.

Maese Zamaor no podía continuar callado y lo único que pudo lograr fue fingir indiferencia en su voz.

—El rey tiene muchos leales. Si él falta, querrán que reine su hija, la princesa.

—¿Acaso no sabéis que en Fartuel no

pueden reinar las mujeres? ¿De dónde salís que no sabéis que existe esa ley?

El pintor se quedó pensando cómo, viviendo tan cerca de la familia real, nunca había sabido que la princesa Buonabel no podía reinar. Después de un rato pensó que el rey tendría todo bien dispuesto, y no era él quien tenía que preocuparse.

Los dos hombres seguían hablando y terminando la comida de su zurrón. Maese Zamaor se envolvió en su capa, se recostó y dejó correr su imaginación por los días felices vividos en palacio y por el futuro de Fartuel. Poco a poco el sueño, el cansancio y la fiebre le rindieron.

8. *Triste despertar*

Despertad, señor! ¿Qué hacéis aquí?

Maese Zamaor despertó sobresaltado por los gritos y zarandeos de la mujer. Abrió los ojos. El mercado de pescado se estaba empezando a animar, y muchas mujeres, con delantales largos hasta los pies, colocaban los bancos y los serones por donde se habían paseado los gatos la noche anterior. Se volvió a la mujer que le había despertado.

—Perdonad. Me quedé dormido y, por lo que veo, he despertado muy tarde.

—Eso depende de lo que tengáis que hacer.

El pintor, después de varios intentos, consiguió ponerse en pie y sacudió su capa. Cuando fue a colocarse bien la bufanda se dio cuenta de ¯que no estaba alrededor de su cabeza, como la había puesto la noche anterior. Miró en el suelo pero no estaba; asustado, buscó en su cuello el saquito de cuero; tampoco lo tenía. ¡Le habían robado! Sin duda, los vagabundos que insultaban a Cártulo II. Palpó su cuerpo y descubrió la cartera de piel de serpiente en su espalda. Al sentarse en el suelo, la correa se había dado la vuelta y la cartera había quedado hacia atrás en lugar de encima de su pecho como siempre la llevaba. Al quedar bajo su cuerpo cuando dormía, los ladrones no la habían visto o no se habían atrevido a quitársela por temor a despertarle.

—No volveré a dormir hasta que pase la frontera, aunque me caiga de sueño.

Maese Zamaor, rezongando para sus adentros y aburrido por tantos contratiempos, se dirigió adonde había dejado su caballo la noche anterior. No se sorprendió al ver que no estaba atado en donde él lo dejara; los dos ladrones no iban a perder la ocasión de robarle también su caballo.

Sentado sobre unas maderas del mercado intentó poner en orden sus planes. Lo principal era llegar a Zarduña. Pero, ¿cómo? Sin caballo tardaría más de un día desde Gertán a la frontera. Necesitaba un caballo. Sentía deseos de ir a la justicia y denunciar el robo, pero eso no le devolvería el jaco ni los fartos. Lo único que no podía perder era el mensaje y el tiempo. Necesitaba dinero. Abrió la cartera, tomó un jarabe para reforzar un poco su cansado cuerpo y vio los pliegos que había metido para hacer apuntes en el caso de tener tiempo. Tuvo una idea; sacó algunos de los pliegos y los pinceles y pinturas. Rápidamente, con la habilidad que era natural en él, trazó un boceto y después retocó lo necesario hasta completar el retrato de una de las mujeres que preparaban el pescado. Se acercó a ella.

—Atendedme un momento, señora. ¿Conocéis a esta persona?

La mujer miró un momento sin atención.

—¿A ver...? ¡Eh, pero si soy yo! ¿Cuándo lo habéis hecho?

—Ahora mismo, señora.

La mujer estaba ilusionada.

—Está perfecto. ¿Qué queréis por él?

Maese Zamaor no sabía qué pedir. Ne-

61

cesitaba reunir dinero enseguida, pero nunca había vendido sus pinturas y no sabía qué precio poner.

—Acaban de robarme lo que tenía —explicó—. Necesito dinero. Dadme lo que podáis.

Como maese Zamaor nunca había pedido nada, sentía vergüenza y rabia.

—Bueno, os daré dos fartos por él.

El pintor guardó el dinero y empezó otro retrato; por él sacó un farto. Había tardado más de una hora en conseguir tres fartos. Se acercó a un hombre que llevaba unos jarros a la fuente.

—Señor, ¿podéis informarme de algo?

—Vos diréis —contestó el viejo.

—Necesito comprar un caballo. ¿Sabéis cuánto puede costarme?

—Sin duda sois extranjero. Un caballo, no demasiado veloz ni demasiado fuerte, claro, puede venir a costaros unos ochenta fartos.

—¿Tanto?

—El más barato, estoy seguro que no bajaría de los sesenta.

—¡Santo Dios! Ni aunque estuviera toda la mañana haciendo retratos a las pesca-

deras ganaría lo suficiente para comprar un caballo. Y, además, perdería tiempo. Más vale que vaya andando y llegaré antes.

Recogió sus cosas, dio las gracias al anciano y se puso en camino hacia la salida del pueblo. Al pasar junto a una tienda, gastó medio farto en pan y fruta y, cuando el sol empezaba a bajar, maese Zamaor salía de la peligrosa Gertán.

Despacio, para ahorrar sus fuerzas, por el camino de piedra pero pegado a la fila de árboles que dibujaban la carretera, el pintor hacía sus planes:

—Si consigo andar sin parar para nada, mañana al mediodía estaré en Zarduña.

El terreno empezaba a subir. La carretera de piedra bordeaba una pequeña montaña cubierta de musgo, y maese Zamaor adivinó un pueblecito detrás. Los recuerdos se agolpaban en su cabeza; era el lugar en donde había nacido. Los pensamientos se escapaban. Hubiera deseado dar la vuelta a la colina y entrar en su pueblo, abrazar a sus hermanos y contarles sus problemas. Ver los campos rubios y los molinos locos. Parecía vivir momentos pasados y tuvo que hacer un violento esfuerzo para mirar al frente y continuar su camino a la frontera.

—De vuelta a palacio —pensó—, pasaré a ver a mi familia. Y como todo habrá pasado, podré contarles mi viaje, que ya no será más que una pesadilla.

Bebió otro trago de jarabe, comió el pan y, mordiendo una manzana, continuó subiendo la colina.

9. ¡No os mováis, maese Zamaor!

AQUELLA NOCHE la luna no lució y el pintor estaba desesperado. No podía seguir sin ver siquiera el terreno que pisaba; tenía que esperar a que amaneciera. Se sentó en el suelo sin saber qué hacer.

Estaba helado; el frío entraba por todos los poros de su piel y tenía la impresión de ser transparente. Si se quedaba quieto se congelaría; lo mejor era seguir despacio, tanteando cada paso. Continuó así unos metros más, pero tropezó y cayó de bruces sobre una mata. Sólo se había arañado un poco, pero con el frío el dolor era más intenso. Volvió a sentarse y se cubrió la cara con las manos.

Pasaron algunos minutos en los que maese Zamaor dejó correr las lágrimas

67

entre sus dedos; se notaba vencido e impotente. Con la oscuridad no podía seguir, y si se paraba se congelaba; ya empezaba a sentir sus propias lágrimas como cristales de hielo.

Se levantó y comenzó a dar vueltas sobre sí mismo, dando patadas en el suelo para calentarse. Sus golpes sonaban apagados por la alfombra de pinocha que cubría la falda del monte. Tuvo una idea: encendería fuego.

Se agachó y amontonó la pinocha y algunas ramas; se pinchó en las manos, pero no lo notaba. Intentó varias veces prender el montón, pero era difícil: la helada había humedecido las ramas y todo el terreno. Pensó un momento y recordó que en la cartera llevaba un preparado del boticario para curar los sabañones, que era muy inflamable. El mismo boticario se lo había advertido al vendérselo. Mojó bien el montón de ramas, pajas y pinochas con el preparado y lo encendió; la llamarada iluminó el terreno a su alrededor.

Cuando maese Zamaor pudo sentarse cerca del fuego, al bajar la intensidad de la llamarada, se sintió revivir. El calor en la cara le devolvía su optimismo; poco después podía mover las manos normalmente, aunque sentía más el dolor de los arañazos y las ampollas. Bebió el jarabe, comió la fruta que le quedaba, lió sus manos con el embozo de la capa y se dispuso a descansar un buen rato.

Los colores del fuego atraían su atención. El rojo profundo, que se convertía en naranja al trasparentar el amarillo; el azul intenso, que se perdía en humo; el verde, el ocre, el violeta... De pronto sintió algo cerca de su cuello y una voz le dejó más helado de lo que estaba:

—¡No os mováis, maese Zamaor, si no queréis que os atraviese!

El pintor se quedó quieto. Su cabeza intentaba ordenar la avalancha de ideas y pensamientos. ¿Qué pasaba? ¿Quién era el asaltante? Sin duda le conocía; él no había dado su nombre a nadie desde que saliera de la capital; claro que su pueblo estaba tan cerca...

Todo fue muy rápido. En unos segundos la luz se llenó de sombras y varios hombres cayeron sobre maese Zamaor.

—¡Quitadle la cartera! ¡Ahí lleva el mensaje!

¡Los conspiradores! Casi los había olvidado en su afán por llegar a Zarduña. Sin duda el fuego los había atraído y había delatado su situación.

Los hombres empujaron al pintor, que cayó de espaldas; entre golpes y patadas le quitaron la cartera. Maese Zamaor vio cómo revolvían en el interior hasta dar con el pliego real. Tiraron las medicinas y los pinceles para sacar el mensaje, y el que parecía el cabecilla lo guardó entre sus ropas.

—Vamos —dijo.

Cuando los traidores habían dado media vuelta y se alejaban ya colina abajo, maese Zamaor se incorporó aturdido; se limpió la cara y se dispuso a recoger sus cosas. La voz del jefe de la banda volvió a dejarle paralizado:

—¡Un momento! Casi lo olvidaba.

Volvió sobre sus pasos y, de un tirón, arrancó la cartera de manos del pintor; buscó con ansia en su interior y fue tirando los botes de pintura contra el suelo. Al llegar al verde lo tomó con cuidado, lo

envolvió en su pañuelo y lo colgó de su cintura. Una risita irónica escapaba de su boca:

—Adiós, maese Zamaor —dijo quitándose el sombrero y haciendo una burlona reverencia.

El pintor pudo ver los rasgos del conspirador a la luz del fuego, y un nombre quedó prendido en su garganta, pues el asombro no le dejó articular ni una palabra.

¡Fáriner!

El bandido bajaba a saltos para reunirse con sus compañeros y pronto desapareció de la vista de maese Zamaor.

¡Fáriner era el traidor! Recordaba ahora muchos detalles que antes le habían parecido rarezas de la personalidad del ministro y que aparecían en aquel momento muy claros: su dinamismo, sus risas, su curiosidad... Sólo Fáriner podía saber quién era el portador del mensaje, y sólo él conocía la clave del verde. ¡La clave! Tenía que hacer algo, avisar al capitán del regimiento de la montaña. Pero ¿cómo?

Procuró serenarse y analizar la situación. Las instrucciones del rey habían sido muy claras: si algo ocurría tenía que mandar un aviso, *escrito en verde*, al capitán. Maese Zamaor estaba perdido. No sabía escribir y, además, no tenía pintura verde. Los botes de los demás colores, estrellados contra el suelo, manchaban la pinocha. El rojo se extendía como una mancha de sangre.

Podría mandar al capitán un pliego con una mancha roja; al fin y al cabo el rojo era el color del peligro y el militar lo entendería. Aunque... tal vez pensaría que era un truco para hacerle caer en una trampa. No, aquella idea no servía. Por momentos, su ánimo iba decayendo y entraba en él la sensación de fracaso y el miedo a las consecuencias que el misterioso mensaje robado podría traer sobre el país.

Los colores chorreaban como pequeños ríos sobre el suelo y en algunos puntos empezaban a mezclarse. Maese Zamaor los miraba ensimismado: el rojo caía suave, como de una herida; el azul se había estancado, seguramente con alguna piedrecita, y el amarillo corría a su encuentro. Una idea empezó a perfilarse en su cabeza: ¡el azul y el amarillo...!

—¡Sí! —gritó lleno de entusiasmo—. El azul y el amarillo dan verde.

Buscó una ramita y ayudó al diminuto río amarillo a llegar hasta el lago azul. Los dos colores comenzaron a mezclarse, dando primero un verde musgo, luego esmeralda oscuro, esmeralda un poco más claro... Maese Zamaor seguía removiendo con la pajita... Verde intenso y, por fin, verde brillante y limpio; un verde que casi tiraba más a amarillo que a azul.

Muy nervioso buscó los pinceles esparcidos por el suelo y, algunos, cubiertos por la pinocha; limpió y alisó uno de los pliegos y se dispuso a escribir. De pronto se dio cuenta: ¡no sabía escribir!

Dando vueltas en la mano al pincel, maese Zamaor pensaba con tanta intensidad que sentía la cabeza cargada.

—No tengo disculpa, aunque el rey diga que por ser un buen pintor no tengo por qué saber leer ni escribir. Cuando vuelva a palacio aprenderé. Pero este problema tengo que solucionarlo ahora; sí, pero ¿cómo?

El fuego se estaba apagando. Tenía que decidir algo enseguida o buscar más ramas para alimentar la luz y el calor.

—Veamos, como hace mi señor el rey cuando está en apuros, analicemos el problema. ¿Qué necesito? Mandar un aviso. ¿Para qué? Para dar a conocer las cosas que han pasado y quién es el traidor. ¿Cómo lo expresaré? Lo expresaré, lo expresaré... ¡Ya está! Mi medio de expresión, mi idioma es la pintura. ¡Pintaré un retrato del hipócrita de Fáriner! Este sistema de analizar los problemas da resultado.

Maese Zamaor se puso al trabajo con toda su atención para lograr el máximo parecido del primer ministro. Mojaba el pincel en el charquito verde del suelo y, a veces, tenía que quitar del pliego trozos de hojas de pino o arenillas. Enseguida lo tuvo terminado.

—Ahora tengo que llevarlo al campamento.

Preparó un gran manojo de ramas largas y secas y las colgó de su cintura sujetas por la correa. Recogió las pocas cosas que le quedaban. Guardó el retrato de Fáriner, que ya se había secado, en la cartera. Prendió en el fuego una de las ramas que había preparado y luego apagó lo poco que quedaba de la fogata. Se enderezó dolorido, suspiró hondo y se puso en camino hacia lo alto de la colina para pasar al otro lado, en donde estaba el campamento militar.

Anduvo sin descanso durante toda la noche, encendiendo una nueva rama antes de que la anterior se hubiese consumido del todo. Faltaban dos horas para que amaneciese cuando consumió la última rama. Había buscado otras antes de que se apagara del todo, pero no había encontrado nada: el terreno que pisaba era rocoso y sólo algunas matas, muy húmedas por la helada, constituían la vegetación.

Con mucho cuidado para no caerse caminó a oscuras a través de la colina, hasta que la luz de un día nublado y frío iluminó la tierra.

Maese Zamaor miró con avidez para distinguir el lugar donde se hallaba y lo que faltaba hasta el campamento. Cuando llegó al punto más alto pudo hacerse idea de la situación. Al norte se distinguía, como un hilo de plata, el río que servía de frontera entre Fartuel y Zarduña; al sur, el camino por donde había venido; al oeste, el espeso bosque por donde habían desaparecido los conspiradores, y al este vio, como un juguete, las casitas de su pueblo. Cerró los ojos y apartó la vista; lo primero era la obligación. Se sentó un momento para recuperar el aliento; intentaba imaginarse qué ocurriría en la ciudad ahora que los traidores conocían el mensaje; él no sabía de qué se trataba, pero, por la importancia que le había dado el rey, debía de ser algo trascendental.

Por la imaginación del pintor pasaban imágenes que se convertían en una pesadilla. Veía entrar a Fáriner en palacio con los suyos armados hasta los dientes; veía la cabeza de Cártulo II rodar por los peldaños de la oscura escalera, y a la dulce princesa Buonabel, envuelta en lágrimas, bajar a las mazmorras más profundas.

Estos pensamientos llenaron su sangre de inquietud; tenía que intentar por todos los medios que su mensaje de alarma llegase antes que la traición. Por otro lado, estaba tan cerca de Zarduña... Si contaba al primo del rey la traición de que era objeto su país, sin duda acudiría en ayuda de sus parientes con todo su poder, y puede que antes que los militares.

—Si pudiera hacer las dos cosas... ir al campamento a entregar el aviso y al mismo tiempo a Zarduña...

Se levantó y comenzó a bajar hacia el este. En la falda de la colina, a medio camino entre la frontera y su aldea, descubrió una delgada columna de humo: el campamento militar. Tardaría lo mismo en llegar al campamento que a la frontera, pero lo primero era entregar la clave.

Siguió bajando, y a su paso salieron algunas ovejas de entre las matas. Un tropel de recuerdos vinieron a su mente: cuando niño, él también había llevado las ovejas de su casa al monte. De pronto tuvo una idea: donde hay ovejas hay un pastor. Descubrió enseguida a un muchacho moreno y menudo que comía pan y queso sentado en el suelo.

—¡Eh, muchacho!

—¿Es a mí, señor?

—Acércate, por favor.

El pastor dejó su comida y se acercó despacio, estudiando al desconocido.

—Vos diréis.

—¿Podrías hacerme un favor?

—Pues... —movió la cabeza—. Depende de lo que se trate.

Maese Zamaor tenía la sensación de conocer al pastor de algo.

—Verás —dijo—. Tengo que llevar un pliego al campamento militar y, al mismo tiempo, tengo que ir a Zarduña a toda velocidad. Si tú pudieras llevar el pliego, yo, mientras tanto, llegaría a la frontera.

El muchacho le miró con desconfianza.

—¿De qué huís, señor?

—De nada.

—Explicadme el asunto y veré si debo ayudaros.

Maese Zamaor explicó rápidamente al muchacho la historia del mensaje del rey y la necesidad de que su pliego de alarma llegase al campamento.

—Por otra parte —terminó el pintor—, creo que si el príncipe de Zarduña se enterase del peligro en que se encuentran sus primos, es seguro que haría algo efectivo.

—Ya lo creo. Zarduña es un país mucho

más rico y poderoso que Fartuel. Sólo en ejército tiene ocho veces el nuestro.

—¿Querrás ayudarme?

—Por mi rey soy capaz de todo, señor. Dadme el mensaje.

Maese Zamaor desató su cartera y entregó al muchacho el pliego. Cada vez que le miraba creía ver a alguien conocido.

—¿Eres por casualidad de aquella aldea? —preguntó señalando su querido pueblo.

—Sí, señor; pero no por casualidad: he nacido allí.

El pintor sonrió.

—Yo también nací allí.

—¿Vos? ¿Os conozco acaso de algo? ¿Me conocéis vos a mí? —preguntó el pastor ilusionado.

—No lo sé. Yo soy maese Zamaor, pintor de cámara de Cártulo II, nuestro rey.

El muchacho se inclinó un momento.

—Señor, soy vuestro servidor. Mi nombre es Galza y soy hijo del molinero.

El pintor sintió un nudo de emoción. El chico se parecía mucho a su padre. Sin decir nada bajó hacia la frontera.

10. *En Zarduña*

MAESE ZAMAOR llegó al río fronterizo. Buscó a los encargados de la frontera y preguntó jadeante:

—¿Podéis pasarme al otro lado?

—Claro, señor. Para eso estamos aquí y para eso está la balsa. ¿Vais solo?

—Sí.

—¿Lleváis caballo?

—Ya veis que no —contestó el pintor, molesto por la pérdida de tiempo.

—Entonces son tres fartos, señor.

Maese Zamaor sintió que la furia le subía a la cara. ¡Tres fartos cruzar el río!

—Señores, sólo llevo encima dos fartos y medio pero necesito entrar en Zarduña. Os ruego que me llevéis y luego, de regreso, os pagaré el otro medio farto.

Los hombres de la frontera eran necesariamente desconfiados.

—¿Cómo sabremos que volveréis a pagar?

—El rey responde por mí.

Los guardianes se miraron dudosos. El nombre del rey abría cualquier frontera, pero ¿cómo saber si era verdad?

—Señor, nosotros no desconfiamos de vos, pero es necesario que comprobemos lo que decís. Esperad a que mandemos un emisario a palacio para que el rey, nuestro señor, confirme vuestras palabras.

—Y ¿creéis que puedo esperar?

Maese Zamaor, al mismo tiempo que hablaba, tiró la capa a un lado y la cartera al otro y se echó al agua. Nadando lo más derecho que pudo, sin apartar la vista de la otra orilla para no desorientarse, consiguió en unos minutos, que le parecieron horas, apoyar sus botas en tierra de Zarduña.

Aún sin aliento, el pintor levantó la vista para estudiar el terreno. Tras un corto bosque, se levantaban impresionantes las murallas de Zarduña. Comenzó a andar, apretando el paso, a través de las

82

matas heladas por la escarcha que el sol no había sido capaz de fundir. Sentía un frío horrible; la ropa mojada se pegaba a su cuerpo y dejaba pasar la brisa de lado a lado. Dando diente con diente y temblando de pies a cabeza, llegó ante las murallas.

La gran mole gris y ocre tenía una puerta en el centro en forma de arco, y nadie guardaba la entrada. Al fondo, maese Zamaor distinguió algunos tenderetes de mercado y gentes que iban y venían. Ya estaba en Zarduña; ahora sólo quedaba ver al príncipe y todo se habría logrado. Tenía que hacer un último esfuerzo. Llenó de aire sus pulmones y, repitiéndose «He de llegar», cruzó la puerta lo más deprisa que pudo.

—¡¡Alto!!

Maese Zamaor, envuelto en sus problemas y con la mirada al frente, no había oído nada.

—¡¡Alto!! ¡¡Deteneos!!

El pintor seguía corriendo, preguntándose cómo llegar a la capital y al palacio. Los guardianes habían dado la voz de alarma, y media docena de soldados corrieron tras él hasta darle alcance cerca ya del despacho de posta.

—¡Detente, detente de una vez, sabandija mojada! —dijo el que mandaba al grupo.

—¡Dejadme, he de llegar a la capital!

—Por partes. Primero hablaréis con el capitán.

Custodiado por los hombres de la guardia, maese Zamaor llegó al cuartelillo, bajo la muralla. Después de esperar unos minutos apareció un hombre joven, de bigote rizado y mirada altiva. Por su uniforme, el pintor adivinó que se trataba del capitán. Con mucha lentitud se sentó a la mesa, le miró despacio y, luego, agitó una campanilla. A los pocos segundos otro hombre entró en la habitación. A maese Zamaor tanta calma le estaba poniendo nervioso.

El capitán hizo una seña al hombre que acababa de entrar y dijo:

—Escribid.

Después miró despectivamente al mojado artista y preguntó:

—¿Quién sois?

—Maese Zamaor, pintor de cámara de

su majestad el rey Cártulo II de Fartuel —contestó.

—¡No me digáis! Y ¿qué hacéis tan mojado?

—He tenido que cruzar el río a nado por no tener dinero bastante para pagar el trasbordador.

El capitán se recostó en la silla con aire irónico y dijo:

—Vaya, vaya... no tenéis dinero. ¿Podéis explicarme eso?

Maese Zamaor contó, lo más deprisa que pudo, toda la historia de su aventura; cuando terminó, una gran carcajada del militar llenó el despacho:

—¿Esperáis que os crea? Vamos, señor, que no soy tan necio. Sin duda toda esa historia no es más que un sucio truco para veros ante nuestro príncipe y quitarle la vida. No sois el primero que lo intenta.

—Os aseguro, señor...

—Evitaos palabras que nadie ha de oír. ¡Aquí la guardia!

Antes de que maese Zamaor se diese cuenta, estaba atado de manos y subido a un caballo que llevaba de la rienda un guardián de la frontera.

Atravesaron calles y plazas y salieron al camino. El paso del caballo no era muy forzado, pero el pintor sentía a cada momento que los huesos iban a salírsele por los hombros y las rodillas. El cansancio y el frío le adormilaban, y la sensación de fracaso anulaba sus sentidos.

Después de una hora de camino, entraron en la capital. A pesar de que maese Zamaor iba muy mal, pudo darse cuenta de la altura y riqueza de los edificios, de los grandes palacios que bordeaban las calles empedradas, y del lujo de los vestidos y los coches de los ciudadanos. Casi nadie se fijaba en él, aunque su aspecto mojado y raído contrastaba con aquel lujo. Las gentes, allí, estaban tan acostumbradas a todo que nada les causaba asombro.

Atravesaron parques y paseos llenos de flores y estatuas y llegaron frente a un oscuro edificio de piedra gris. El guardián descabalgó y, de un tirón, hizo bajar a su prisionero; casi arrastrando, lo metió en el edificio y cruzaron un pasillo negro y maloliente; bajaron unas escaleras y salie-

86

ron a una galería a la que se abrían los calabozos.

—¡Eh, tú! —gritó el guardia.

—¡Va! —contestó una voz desde la oscuridad, y al rato el sonido de unos pasos y el tintineo de un llavero anunciaron la llegada del carcelero.

—¿Qué queréis?

—Encerrad a este hombre y cuidad que no escape. Es un traidor a nuestro señor el príncipe.

El carcelero se limpió su roja nariz con el revés de la mano y buscó entre el manojo de llaves.

—Tened en cuenta —continuó el guardia—, que respondéis de este prisionero con vuestra vida.

Al cabo de unos minutos, maese Zamaor estaba dentro del calabozo. Se dejó caer al suelo resbalando por la pared. Estaba agotado y la cabeza le daba vueltas; el frío no le dejaba sentir sus miembros y el estómago, vacío, aullaba. Había fracasado en su misión especial y le dolía de una manera casi física. Los pasos arrastrados del carcelero parecían ordenarse en su cabeza y repetían: «Inútil, inútil, inútil, inútil...»

87

—¡No! —gritó desesperado.

Se tapó la cara con las manos y concentró la poca energía que le quedaba en contener su rabia y su fracaso. Por eso se sobresaltó al oír la voz del carcelero que le miraba desde los barrotes.

—¿Qué os pasa?

—¿Habéis visto alguna vez un hombre que valga menos que el peso de su sombra? —dijo el pintor casi sin aliento—. ¿Conocéis algún hombre tan estúpido que convierta en polvo todo lo que se propone conseguir?

—No os entiendo, señor.

Maese Zamaor dejó escapar un gemido. El carcelero sentía curiosidad y respeto por aquel hombre tirado en el suelo del calabozo.

—No sé detalladamente de qué se os acusa, pero no tenéis cara de traidor —dijo el hombre—. Y en esto tengo experiencia.

—No soy un traidor. Soy un pobre y desgraciado inútil.

—Pues, ¿qué os ha pasado?

Maese Zamaor se arrastró hasta los barrotes y, despacio, con todo detalle, relató al carcelero toda la historia de su

viaje desde que el rey le llamara al salón del trono. Contó todo tal como había sido, sin dejar nada en el pozo de sus recuerdos. Sentía que su pecho pesaba menos según contaba sus desgracias. Cuando terminó, el carcelero le miró con expresión respetuosa.

—Más bien que un desgraciado creo que sois un valiente. Quisiera poder ayudaros.

—¿De verdad me ayudaríais?

El carcelero sacudió la cabeza.

—Claro que os ayudaría con gusto; pero ya habéis oído al oficial: respondo de vuestra cautividad con mi vida.

—Podéis ayudarme sin dejarme libre.

—¿Cómo?

—¿Podéis hacer llegar a manos del príncipe un mensaje mío?

El hombre dudó un momento. Luego contestó rápido:

—¡Sí! ¡Claro que sí! Uno de mis hermanos es camarero del príncipe.

Maese Zamaor sintió renacer sus fuerzas. No todo estaba perdido.

—¿Podéis traerme un pliego y una pluma?

El carcelero salió y al poco rato volvía con lo que el pintor le había pedido; lo metió entre los barrotes y acercó un farol.

Maese Zamaor comenzó a dibujar con rapidez. En el centro del pliego dibujó a la princesa, llorando y encarcelada; en un extremo, unas escaleras por las que rodaba la cabeza ensangrentada del rey. Cuando terminó se volvió al carcelero:

—Decid a vuestro hermano que entregue esto al príncipe y le diga en dónde me encuentro.

El hombre retiró la luz y salió por el oscuro pasillo con el pliego en la mano, admirando el dibujo.

Maese Zamaor se dejó caer al suelo y, temblando y rezando, se quedo adormilado.

11. ¡Corriendo hacia Fartuel!

MAESE ZAMAOR despertó al ser zarandeado por unas manos de hierro.

—¿Qué pasa? ¿Quién...?

El pintor se quedó mudo de pronto. Había deseado tanto verse ante el príncipe de Zarduña, que ahora no podía creerlo. El príncipe, arrodillado en el calabozo, le zarandeaba.

—Despertad ya, señor pintor. Si es cierto lo que habéis contado a este hombre, no tenemos tiempo que perder.

Maese Zamaor se levantó y tuvo que apoyarse en la pared para conservar el equilibrio.

—Partimos ahora mismo para Fartuel

—decía el príncipe—. Si os encontráis con fuerzas.

—¡Claro que sí!

Pero no estaba seguro de resistir el viaje de vuelta. El príncipe seguía hablando mientras llevaba arriba al pintor. Después de varios corredores llegaron a una sala decorada con todo lujo.

—Sentaos ahí y esperadme. Voy a disponer los hombres que nos seguirán y algunos asuntos que he de dejar arreglados.

Dicho esto, el príncipe salió de la sala. Maese Zamaor se sentó en un sitial cubierto de almohadones y recostó su espalda destrozada. Todo empezaba a arreglarse; lo importante era llegar a tiempo. Miró por el ventanal y una suave nostalgia le entró por los ojos. Se veía el puerto, grande, claro, mostrando una infinita gama de azules que se perdían en el horizonte para volver luego por el cielo. El pintor vio los barcos, que cargaban, y la pequeña embarcación que transportaba, una vez a la semana, viajeros a Venecia. ¡Venecia...! Una gran escuela donde perfeccionar su arte, donde estudiar los estilos de los demás, donde sentirse un maestro...

94

La puerta, al abrirse de pronto, sobresaltó al pintor, que se puso en pie de un golpe.

—No os asustéis, maese Zamaor. Ya partimos.

El príncipe tendió al artista una capa de piel negra forrada de piel blanca y dijo:

—Abrigaos bien, el aire es helado y no estáis muy fuerte. Abajo están los caballos.

Salieron deprisa y maese Zamaor se veía obligado a correr para poder seguir al príncipe y no perderse en el laberinto de pasillos.

En la puerta esperaban dos caballos. Cuando maese Zamaor se vio cabalgando en aquel veloz animal y abrigado por la capa de piel, se sintió más aliviado.

En un vuelo y sin ningún trámite atravesaron las murallas, y los hombres del trasbordador se deshicieron en perdones y miradas humildes cuando pasaron al otro lado. Sin detenerse cruzaron la colina, y el príncipe quiso dejar descansar los caballos y bajar a comer algo en el pueblo de maese Zamaor.

Todo el pueblo quería ofrecer comida y vino al príncipe de Zarduña, pero el pintor le llevó a casa de sus hermanos. Allí

95

descansaron un poco y, mientras comían, relató todo lo ocurrido. Apenas quedó tiempo para abrazar a todos y dar las gracias.

Galoparon durante toda la tarde; el príncipe no hablaba nada; iba ensimismado en sus pensamientos, y a maese Zamaor le recordaba, en algunas ocasiones, a los dioses griegos que había visto en las pinturas; otras veces parecía un águila vengadora.

Anochecía cuando llegaron a la posada del barrigudo. El príncipe detuvo su caballo.

—Pararemos a cenar y a que descansen los caballos.

Llamaron al pomo de bronce, y la figura gruesa del posadero repitió su cantinela:

—¿Qué deseáis?

—Cena y descanso —dijo el príncipe.

—No os veo bien. Pasad a la luz.

—Vamos —dijo el príncipe, empujando suavemente a maese Zamaor.

Cuando el pintor estuvo dentro del salón encalado, sintió una náusea insoportable y se sentó en la silla que vio más cerca. El posadero se acercó zumbón:

—¿De nuevo aquí, señor Vanio? ¿Tenéis

ahora fartos suficientes para sentaros en mis sillas?

Maese Zamaor no tenía ganas de responder al posadero y guardó silencio; fue el príncipe quien se acercó a la luz y dijo con voz firme:

—¿Me conocéis a mí, señor posadero?

El barrigudo se quedó mirando al joven y, de pronto, su cara roja se volvió blanca.

—Señor... yo... claro que os conozco... ¿Habéis dicho qué deseáis?

—Deseo que nos sirváis, a mi amigo y a mí, una buena cena y nos dejéis descansar tranquilos. Ocupaos también de que cuiden de nuestros caballos.

—Al momento, señor. ¡Mozo...! ¿Habéis dicho *vuestro amigo?*

—Sí —respondió el príncipe sentándose junto al pintor—. Mi amigo, el pintor de cámara del rey. Pero mucho me temo que vos no podáis decir lo mismo.

—Yo..., con vuestro permiso, voy a disponer vuestra cena.

El posadero desapareció corriendo, y el príncipe rió de buena gana.

—El muy bribón... Perdonad, maese Zamaor. Tal vez vos queráis descansar esta noche. Podéis quedaros aquí, yo llegaré a la capital en unas horas.

—Yo os acompañaré, señor.

—Pero no os encontráis bien —insistió el príncipe.

—Os ruego que me dejéis acompañaros. Ya queda poco camino y, después de todo lo que he pasado, no voy a volverme atrás por unas horas.

—Sois un valiente, maese Zamaor.

Cenaron con apetito. El posadero se desvivía por servirles, aunque evitaba mirar al pintor.

Cuando se encontraron con ánimo de continuar, pagaron al posadero y siguieron el viaje. Era de noche cuando entraron en la capital de Fartuel. En unos minutos atravesaron la ciudad y los pasillos del viejo palacio. Cuando entraron en el salón del trono, la escena era sobrecogedora: la reina, sentada en un rincón, lloraba a gritos y, en su trono, el rey, hecho un ovillo, con la cara cubierta por los brazos, era nada más una bola violeta con calzas.

—¡Cártulo! —gritó el príncipe.

El ovillo real se deshizo en un momento,

99

y la figura del rey, más pálido y más amarillo que nunca, se hizo visible.

—¡Primo!

Los dos soberanos se abrazaron y, después, el rey se dirigió al pintor:

—Maese Zamaor, os daba por muerto. Fue una gran idea la del retrato del traidor Fáriner. Pudimos atraparle antes de que se aprovechara de la situación.

—¿Qué situación? —preguntó el príncipe.

—Ya que has venido, todo se ha arreglado. Pero ha sido horrible.

—¿Quieres explicarte, Cártulo?

El rey los mandó sentar y él lo hizo en el trono. Luego, empezó:

—Ultimamente no han ido bien las cosas en Fartuel. Las cosechas han sido pobres y la mano de obra escasa. Nuestro país no ha sido nunca rico, pero nos íbamos defendiendo. Hasta que cometí la equivocación de aceptar ayuda del tirano de Dreslón.

—¡El tirano de Dreslón! —dijo el príncipe—. Ese monstruo que ayuda a cambio de la vida misma.

—Yo no sabía nada de eso; ahora lo sé.

100

Bien, acepté su ayuda económica y llegó un momento en que no pude pagarle con nada. Hablé con él, se lo dije y contestó que sí podía pagarle.

—¿Qué te pidió?

—La mano de Buonabel; al casarse con ella tenía también a Fartuel, puesto que yo no tengo heredero y ella, soltera, no puede reinar.

—¡Canalla! —exclamó el príncipe.

—Yo, como puedes imaginarte —continuó el rey—, le dije que la princesa estaba comprometida contigo desde su nacimiento. El contestó que te lo comunicase y que si en el plazo de siete días no habías venido a buscarla, significaría que no te interesaba el compromiso, y todo quedaría roto. Por eso tenía tanto interés en que llegara el mensaje a tu poder sin que nadie lo interceptase haciendo retrasar tu viaje.

—¿Y Fáriner? —preguntó maese Zamaor—. ¿Qué papel jugaba en esto?

—El traidor de Fáriner estaba de acuerdo con el tirano para evitar que el príncipe llegase a tiempo. Le había prometido el gobierno del país. Gracias a vos está ahora en su sitio: en el calabozo.

—Todo ha pasado ya —dijo la reina con un suspiro—. Voy a decírselo a la niña. Teníamos un disgusto terrible. El plazo de siete días se cumple mañana al amanecer.

—Ahora —continuó Cártulo II—, contadme vos vuestro viaje.

Maese Zamaor contó de nuevo toda su aventura, aunque ya se estaba cansando de repetirla.

Durante varias horas los dos primos hablaron de los detalles de la política a seguir. El príncipe pagaría las deudas que Fartuel tenía con Dreslón; trataron del destierro de los traidores y de la conveniencia de abrir las fronteras entre Fartuel y Zarduña.

Maese Zamaor daba cabezadas envuelto en su capa de piel. Sus nervios, ya relajados, no le sostenían más. Deseaba irse a la cama más que nada en el mundo, pero los soberanos se habían olvidado por completo de su presencia. Por fin se quedó dormido del todo, apoyado en la fría pared del salón.

12. *¡Viva Zarduña de Fartuel!*

SE CELEBRO la boda del príncipe de Zarduña con la princesa Buonabel, y aquel mismo día se abrieron las fronteras de los dos países, que se convertían así en uno solo: *Zarduña de Fartuel.* Maese Zamaor pintó un gran retrato del joven matrimonio, y hubo en el nuevo país varios días de fiestas.

Cuando la tranquilidad volvió al palacio de Fartuel, en donde su rey, Cártulo II, había abdicado en su primo y se dedicaba a pasear y a leer, maese Zamaor se presentó un día al viejo rey y pidió hablarle.

—Vos diréis, maese Zamaor.

—Señor —dijo un poco avergonzado—,

quisiera pediros que el maestro de la princesa, que ahora no tiene nada que hacer, me enseñe a leer y a escribir.

El rey soltó una carcajada, feliz:

—¡Claro que sí, mi querido amigo! Hoy mismo se lo diré al maestro. ¡Ah! Cuando hayáis aprendido, venid a verme de nuevo.

—Gracias, señor —contestó al pintor, y se fue corriendo a su estudio a continuar su trabajo.

Cuando, después de tres meses, maese Zamaor se presentó a su rey y le dijo que ya sabía leer y escribir, Cártulo II bajó de su sillón, agarró al pintor del brazo y, paseando con él por la sala de armas, le dijo:

—No creáis que he olvidado vuestros servicios. Fuisteis fiel como no lo hubiera sido ninguno de mis soldados. Demostrasteis un valor y una decisión que os honran y yo no puedo dejar esto así.

—Señor, yo sólo hice lo que me dictaba mi alma.

—Vuestra alma es hermosa, maese Zamaor, y, ahora que sabéis leer y escribir, quiero daros vuestra recompensa.

El pintor sintió de nuevo calor en la cara.

—¿Mi recompensa, señor?

Cártulo II metió la mano en el profundo bolsillo de su casaca y sacó un papel enrollado.

—Voy a mandaros a otra misión. Aquí tenéis el documento, que esta vez es un salvoconducto; vuestro saco de dinero, que esta vez contiene varios miles de fartos, y esta carta de presentación para el duque Arnoldo, en Venecia, que os abrirá todas las puertas. Estad el tiempo que queráis y, si necesitáis algo, mandádmelo decir, que yo os lo enviaré en seguida.

Maese Zamaor no pudo decir nada. Se arrodilló en el suelo y besó la mano de su señor, mientras por sus ojos pasaba la gama de azules del puerto de Zarduña.

Indice

1. *Cártulo II, rey de Fartuel* 7
2. *Maese Zamaor* 13
3. *El mensaje* 19
4. *En marcha* 25
5. *Pintor de brocha gorda* 31
6. *Un pícaro posadero* 41
7. *Dos sombras en la noche* 47
8. *Triste despertar* 59
9. *¡No os mováis, maese Zamaor!* 67
10. *En Zarduña* 81
11. *¡Corriendo hacia Fartuel!* 93
12. *¡Viva Zarduña de Fartuel!* 103

EL BARCO DE VAPOR

SERIE NARANJA (a partir de 9 años)

1 / *Otfried Preussler*, Las aventuras de Vania el forzudo
2 / *Hilary Ruben*, Nube de noviembre
3 / *Juan Muñoz Martín*, Fray Perico y su borrico
4 / *María Gripe*, Los hijos del vidriero
5 / *A. Dias de Moraes*, Tonico y el secreto de estado
6 / *François Sautereau*, Un agujero en la alambrada
7 / *Pilar Molina Llorente*, El mensaje de maese Zamaor
8 / *Marcelle Lerme-Walter*, Los alegres viajeros
9 / *Djibi Thiam*, Mi hermana la pantera
10 / *Hubert Monteilhet*, De profesión, fantasma
11 / *Hilary Ruben*, Kimazi y la montaña
12 / *Jan Terlouw*, El tío Willibrord
13 / *Juan Muñoz Martín*, El pirata Garrapata
15 / *Eric Wilson*, Asesinato en el «Canadian Express»
16 / *Eric Wilson*, Terror en Winnipeg
17 / *Eric Wilson*, Pesadilla en Vancúver
18 / *Pilar Mateos*, Capitanes de plástico
19 / *José Luis Olaizola*, Cucho
20 / *Alfredo Gómez Cerdá*, Las palabras mágicas
21 / *Pilar Mateos*, Lucas y Lucas
22 / *Willi Fährmann*, El velero rojo
25 / *Hilda Perera*, Kike
26 / *Rocío de Terán*, Los mifenses
27 / *Fernando Almena*, Un solo de clarinete
28 / *Mira Lobe*, La nariz de Moritz
30 / *Carlo Collodi*, Pipeto, el monito rosado
31 / *Ken Whitmore*, ¡Saltad todos!
34 / *Robert C. O'Brien*, La señora Frisby y las ratas de Nimh
35 / *Jean van Leeuwen*, Operación rescate
37 / *María Gripe*, Josefina
38 / *María Gripe*, Hugo
39 / *Cristina Alemparte*, Lumbánico, el planeta cúbico
42 / *Núria Albó*, Tanit
43 / *Pilar Mateos*, La isla menguante
44 / *Lucía Baquedano*, Fantasmas de día
45 / *Paloma Bordons*, Chis y Garabís
46 / *Alfredo Gómez Cerdá*, Nano y Esmeralda
47 / *Eveline Hasler*, Un montón de nadas

48 / *Mollie Hunter*, El verano de la sirena
49 / *José A. del Cañizo*, Con la cabeza a pájaros
50 / *Christine Nöstlinger*, Diario secreto de Susi. Diario secreto de Paul
51 / *Carola Sixt*, El rey pequeño y gordito
52 / *José Antonio Panero*, Danko, el caballo que conocía las estrellas
53 / *Otfried Preussler*, Los locos de Villasimplona
54 / *Terry Wardle*, La suma más difícil del mundo
55 / *Rocío de Terán*, Nuevas aventuras de un mifense
57 / *Alberto Avendaño*, Aventuras de Sol
58 / *Emili Teixidor*, Cada tigre en su jungla
59 / *Ursula Moray Williams*, Ari
60 / *Otfried Preussler*, El señor Klingsor
61 / *Juan Muñoz Martín*, Fray Perico en la guerra
62 / *Thérèsa de Chérisey*, El profesor Poopsnagle
63 / *Enric Larreula*, Brillante
64 / *Elena O'Callaghan i Duch*, Pequeño Roble
65 / *Christine Nöstlinger*, La auténtica Susi
66 / *Carlos Puerto*, Sombrerete y Fosfatina
67 / *Alfredo Gómez Cerdá*, Apareció en mi ventana
68 / *Carmen Vázquez-Vigo*, Un monstruo en el armario
69 / *Joan Armengué*, El agujero de las cosas perdidas
70 / *Jo Pestum*, El pirata en el tejado
71 / *Carlos Villanes Cairo*, Las ballenas cautivas
72 / *Carlos Puerto*, Un pingüino en el desierto
73 / *Jerome Fletcher*, La voz perdida de Alfreda
74 / *Edith Schreiber-Wicke*, ¡Qué cosas!
75 / *Irmelin Sandman Lilius*, El unicornio
76 / *Paloma Bordons*, Érame una vez
77 / *Llorenç Puig*, El moscardón inglés
78 / *James Krüss*, El papagayo parlanchín
79 / *Carlos Puerto*, El amigo invisible
80 / *Antoni Dalmases*, El vizconde menguante
81 / *Achim Bröger*, Una tarde en la isla
82 / *Mino Milani*, Guillermo y la moneda de oro
83 / *Fernando Lalana y José María Almárcegui*, Silvia y la máquina Qué
84 / *Fernando Lalana y José María Almárcegui*, Aurelio tiene un problema gordísimo
85 / *Juan Muñoz Martín*, Fray Perico, Calcetín y el guerrillero Martín

86 / *Donatella Bindi Mondaini*, El secreto del ciprés

87 / *Dick King-Smith*, El caballero Tembleque

88 / *Hazel Townson*, Cartas peligrosas

89 / *Ulf Stark*, Una bruja en casa

90 / *Carlos Puerto*, La orquesta subterránea

91 / *Monika Seck-Agthe*, Félix, el niño feliz

92 / *Enrique Páez*, Un secuestro de película

93 / *Fernando Pulin*, El país de Kalimbún

94 / *Braulio Llamero*, El hijo del frío

95 / *Joke van Leeuwen*, El increíble viaje de Desi

96 / *Torcuato Luca de Tena*, El fabricante de sueños

97 / *Guido Quarzo*, Quien encuentra un pirata, encuentra un tesoro

98 / *Carlos Villanes Cairo*, La batalla de los árboles

99 / *Roberto Santiago*, El ladrón de mentiras

100 / *Varios*, Un barco cargado de... cuentos

101 / *Mira Lobe*, El zoo se va de viaje

102 / *M. G. Schmidt*, Un vikingo en el jardín

103 / *Fina Casalderrey*, El misterio de los hijos de Lúa

104 / *Uri Orlev*, El monstruo de la oscuridad

105 / *Santiago García Clairac*, El niño que quería ser Tintín

106 / *Joke Van Leeuwen*, Bobel quiere ser rica

107 / *Joan Manuel Gisbert*, Escenarios fantásticos

108 / *M. B. Brozon*, ¡Casi medio año!

EL BARCO DE VAPOR

SERIE ROJA (a partir de 12 años)

1 / *Alan Parker,* **Charcos en el camino**
2 / *María Gripe,* **La hija del espantapájaros**
3 / *Huguette Perol,* **La jungla del oro maldito**
4 / *Ivan Southall,* **¡Suelta el globo!**
6 / *Jan Terlouw,* **Piotr**
7 / *Hester Burton,* **Cinco días de agosto**
8 / *Hannelore Valencak,* **El tesoro del molino viejo**
9 / *Hilda Perera,* **Mai**
10 / *Fay Sampson,* **Alarma en Patterick Fell**
11 / *José A. del Cañizo,* **El maestro y el robot**
12 / *Jan Terlouw,* **El rey de Katoren**
14 / *William Camus,* **El fabricante de lluvia**
17 / *William Camus,* **Uti-Tanka, pequeño bisonte**
18 / *William Camus,* **Azules contra grises**
20 / *Mollie Hunter,* **Ha llegado un extraño**
22 / *José Luis Olaizola,* **Bibiana**
23 / *Jack Bennett,* **El viaje del «Lucky Dragon»**
25 / *Geoffrey Kilner,* **La vocación de Joe Burkinshaw**
26 / *Víctor Carvajal,* **Cuentatrapos**
27 / *Bo Carpelan,* **Viento salvaje de verano**
28 / *Margaret J. Anderson,* **El viaje de los hijos de la sombra**
30 / *Bárbara Corcoran,* **La hija de la mañana**
31 / *Gloria Cecilia Díaz,* **El valle de los cocuyos**
32 / *Sandra Gordon Langford,* **Pájaro rojo de Irlanda**
33 / *Margaret J. Anderson,* **En el círculo del tiempo**
35 / *Annelies Schwarz,* **Volveremos a encontrarnos**
36 / *Jan Terlouw,* **El precipicio**
37 / *Emili Teixidor,* **Renco y el tesoro**
38 / *Ethel Turner,* **Siete chicos australianos**
39 / *Paco Martín,* **Cosas de Ramón Lamote**
40 / *Jesús Ballaz,* **El collar del lobo**
43 / *Monica Dickens,* **La casa del fin del mundo**
44 / *Alice Vieira,* **Rosa, mi hermana Rosa**
45 / *Walt Morey,* **Kavik, el perro lobo**
46 / *María Victoria Moreno,* **Leonardo y los fontaneros**
49 / *Carmen Vázquez-Vigo,* **Caja de secretos**

50 / *Carol Drinkwater,* **La escuela encantada**
51 / *Carlos-Guillermo Domínguez,* **El hombre de otra galaxia**
52 / *Emili Teixidor,* **Renco y sus amigos**
53 / *Asun Balzola,* **La cazadora de Indiana Jones**
54 / *Jesús M.ª Merino Agudo,* **El «Celeste»**
55 / *Paco Martín,* **Memoria nueva de antiguos oficios**
56 / *Alice Vieira,* **A vueltas con mi nombre**
57 / *Miguel Ángel Mendo,* **Por un maldito anuncio**
58 / *Peter Dickinson,* **El gigante de hielo**
59 / *Rodrigo Rubio,* **Los sueños de Bruno**
60 / *Jan Terlouw,* **La carta en clave**
61 / *Mira Lobe,* **La novia del bandolero**
62 / *Tormod Haugen,* **Hasta el verano que viene**
63 / *Jocelyn Moorhouse,* **Los Barton**
64 / *Emili Teixidor,* **Un aire que mata**
65 / *Lucía Baquedano,* **Los bonsáis gigantes**
66 / *José L. Olaizola,* **El hijo del quincallero**
67 / *Carlos Puerto,* **El rugido de la leona**
68 / *Lars Saabye Christensen,* **Herman**
69 / *Miguel Ángel Mendo,* **Un museo siniestro**
70 / *Gloria Cecilia Díaz,* **El sol de los venados**
71 / *Miguel Ángel Mendo,* **¡Shh... esos muertos, que se callen!**
72 / *Bernardo Atxaga,* **Memorias de una vaca**
73 / *Janice Marriott,* **Cartas a Lesley**
74 / *Alice Vieira,* **Los ojos de Ana Marta**
75 / *Jordi Sierra i Fabra,* **Las alas del sol**
76 / *Enrique Páez,* **Abdel**
77 / *José Antonio del Cañizo,* **¡Canalla, traidor, morirás!**
78 / *Teresa Durán,* **Juanón de Rocacorba**
79 / *Melvin Burguess,* **El aullido del lobo**
80 / *Michael Ende,* **El ponche de los deseos**
81 / *Mino Milani,* **El último lobo**
82 / *Paco Martín,* **Dos hombres o tres**
83 / *Ruth Thomas,* **¡Culpable!**
84 / *Sol Nogueras,* **Cristal Azul**
85 / *Carlos Puerto,* **Las alas de la pantera**

86 / *Virginia Hamilton*, **Plain City**

87 / *Joan Manuel Gisbert*, **La sonámbula en la Ciudad-Laberinto**

88 / *Joan Manuel Gisbert*, **El misterio de la mujer autómata**

89 / *Alfredo Gómez Cerdá*, **El negocio de papá**

90 / *Paloma Bordons*, **La tierra de las papas**

91 / *Daniel Pennac*, **¡Increíble Kamo!**

92 / *Gonzalo Moure*, **Lili, Libertad**

93 / *Sigrid Heuck*, **El jardín del arlequín**

94 / *Peter Härtling*, **Con Clara somos seis**

95 / *Federica de Cesco*, **Melina y los delfines**

96 / *Agustín Fernández Paz*, **Amor de los quince años, Marilyn**

97 / *Daniel Pennac*, **Kamo y yo**

98 / *Anne Fine*, **Un toque especial**

99 / *Janice Marriott*, **Fuga de cerebros**

100 / *Varios*, **Dedos en la nuca**